KB002414

__________님께

이 책을 드립니다.

나에게 다짐과 위로가 되는 명언 필사

초판 인쇄 · 2016년 5월 26일
초판 발행 · 2016년 6월 1일

펴낸이 · 김순일
편 집 · 편집부
디자인 · 임형오
펴낸곳 · 미래문화사
신고번호 · 제2014-000151호
신고일자 · 1976년 10월 19일
주소 · 경기도 고양시 덕양구 삼송로 139번길 7-5, 1F
전화 · 02-715-4507 / 713-6647
팩스 · 02-713-4805
전자우편 · mirae715@hanmail.net
홈페이지 · www.miraepub.co.kr

ⓒ 미래문화사 2016

ISBN 978-89-7299-470-1 03800

· 이 책의 판권은 도서출판 미래문화사에 있습니다.
· 저자와 협의하여 인지는 생략합니다.
· 잘못 만들어진 책은 바꾸어 드립니다.

나에게
다짐과 위로가 되는

명언필사

들어가는 글

명언은 사리에 맞는 훌륭한 말, 널리 알려진 말입니다.

요기 베라의 '끝날 때까지 끝난 게 아니다'는 나의 삶에 요긴하게 쓰이는 내 인생의 명언입니다.

명언은 절대적 진리가 아닙니다. 그럼에도 절대적 진리만큼 감동과 깨달음을 줍니다. 절대적 진리가 신의 영역이라면 명언은 인간의 영역이라 생각합니다. 사람은 인간관계 속에서 다짐과 위로를 반복하며 살아가기 마련입니다. 누구에게나 시련과 고난의 시간이 있기 때문에 이런 시간을 이겨낼 수 있도록 용기를 주고 위로가 되는 누군가의 좋은 말이 필요한 순간이 늘 옵니다. 명언을 읽고 쓰다 보면 이 많은 선인들도 힘든 시간을 겪으면서 얻어낸 값진 깨달음임을 느낄 수 있습니다. 그들의 삶을 손으로 쓰고 있노라면 공감과 함께 다짐을 하게 됩니다.

역자가 명언에 대해 설명하지 않은 것은 독자 스스로의 생각을 정리하여 자신만의 캘리그라피로 명언을 필사하고 각자의 다짐과 위로를 짧게, 때로는 길게 써 보는 습관을 만들어 가는 계기가 되었으면 하는 바람 때문입니다.

미래에 대한 불안한 마음, 허전하고 깊이를 못 찾는 마음, 스트레스로 터질 것 같은 마음, 섭섭하고 원망스러운 마음, 분노로 열이 오르는 마음, 갈 곳 없어 헤매는 마음, 만사가 귀찮아 무기력해진 마음, 머릿속이 복잡해서 일상의 생활이 잘 풀리지 않는 힘든 마음으로 목표 또는 목적이 흔들리어 생각과 판단이 분명하지 않을 때 우리에게는 다짐과 위로가 필요합니다. 그 순간에 이 책을 펴서 나만의 필체로 명언을 써 보길 권합니다.

마음을 전하며 김 순 일

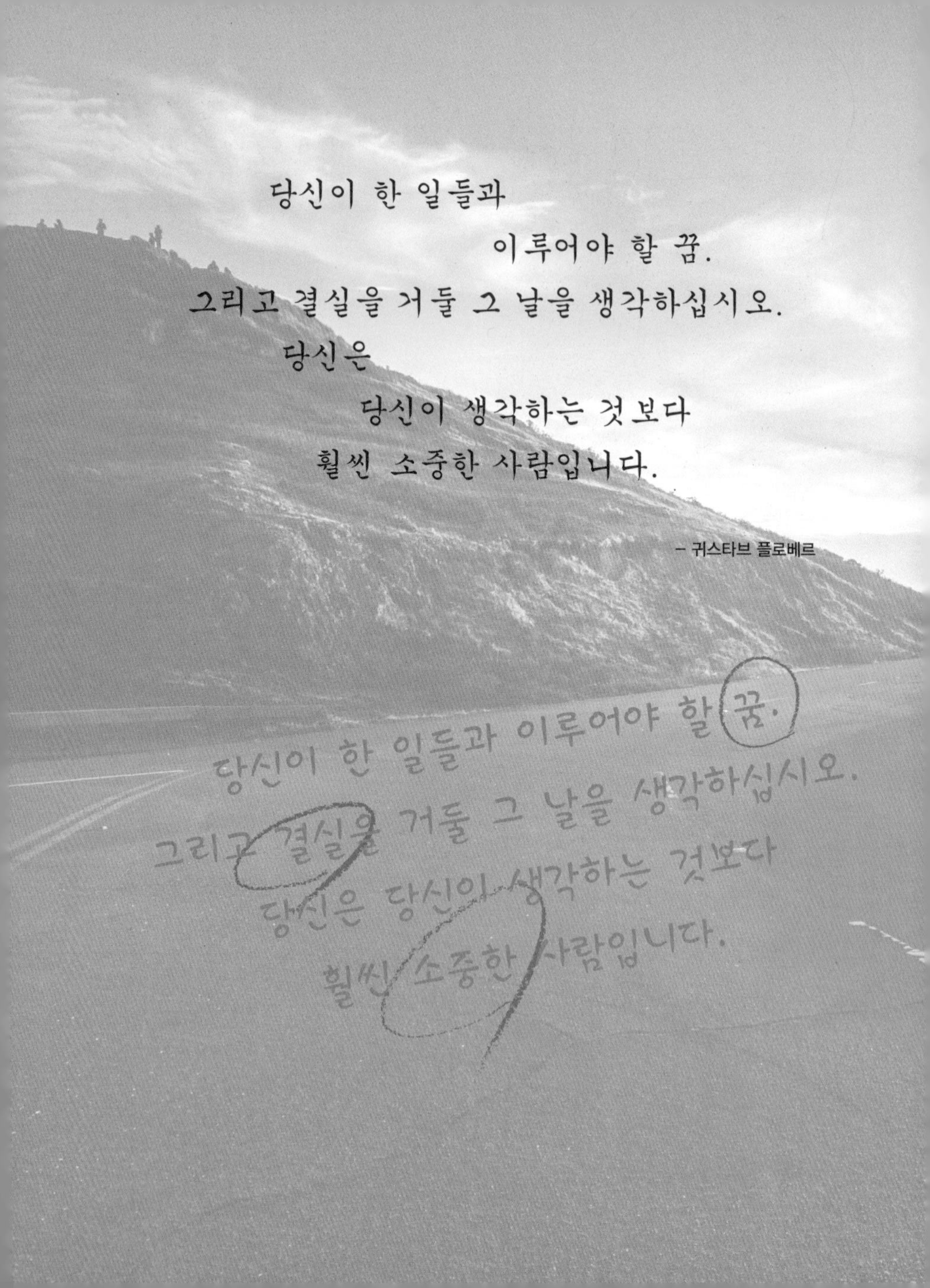

당신이 한 일들과
이루어야 할 꿈.
그리고 결실을 거둘 그 날을 생각하십시오.
당신은
당신이 생각하는 것보다
훨씬 소중한 사람입니다.

– 귀스타브 플로베르

당신이 한 일들과 이루어야 할 꿈.
그리고 결실을 거둘 그 날을 생각하십시오.
당신은 당신이 생각하는 것보다
훨씬 소중한 사람입니다.

꿈.
결실.
그래 나는 소중하니까~

누구든
열정에 불타는 때가 있다.
어떤 사람은 30분 동안,
또 어떤 사람은 30일 동안,
인생에 성공하는 사람은
30년 동안 열정을 갖는다.

–노먼 빈센트 필

가장 만족스러웠던 날을
생각해 보라.
그날은 아무것도 하지 않고
편히 쉬기만 한 날이 아니라,
할 일이 태산이었는데도
결국은
그것을 모두 해낸 날이다.

— 마거릿 대처

겨울철에는
절대 나무를 자르지 말라.
상황이 좋지 않을 때는
절대 부정적인 결정을 내리지 말라.
기분이 너무 안 좋을 때는
절대 중요한 결정을 내리지 말라.
잠시만 기다려라.
그리고 조금만 참아라.
폭풍은 지나가고 봄이 찾아올 것이다.

– 로버트 H. 슐러

내가 어디서 태어났고
어디서 어떻게 살아왔는지는
중요하지 않다.
내가 살아오는 동안
무엇을 했느냐에
관심을 두어야 한다.

– 조지아 오키프

시간은

삶의 동전이다.

그것은

내 수중에 있는 한 푼의 동전이며,

그것을

어떻게 쓸지는 나만이 결정할 수 있다.

다른 사람이 대신 쓰게 하지 않도록

조심하라.

– 칼 샌드버그

아무리 많이 알고 있을지라도,
아무리 좋은 자질을 갖추고 있어도
기회가 올 때
구체적으로 행동하지 않으면
삶은 조금도 향상되지 않는다.

– 윌리엄 제임스

THE WINNING OF BARBARA WORTH
WRIGHT
DIANA CAREW
HER LOVE OR HER LIFE
SOUTHWORTH
ENGLISH ELEMENTS AND PRINCIPLES
GROVE
The Strange Woman
WILLIAMS

자아는

이미 만들어진 것이 아니라

선택을 통해 계속해서

만들어 가는 것이다.

– 존 듀이

어느 항구를 향해 갈 것인지
생각하지도 않고 노를 젓는다면
바람조차 도와주지 않는다.

– 세네카

승리는 '언젠가' 얻는 것이 아니다.
때때로 승리해서도 안되고,
가끔 제대로 해서도 안되고,
항상 제대로 해야 한다.
승리는 습관이 되며,
유감스럽게도 패배 역시 그러하다.

– 빈스 롬바르디

내 안에는
하늘로 날아오르고 싶은
독수리가 한 마리 있고,
진창에서 뒹굴고 싶은
하마도 한 마리 있다.

– 칼 샌드버그

인생이 살 만한 이유는

무언가에 대한

신념과 열정 때문이다.

– 올리버 웬들 홈스

잘못을 저지르는 것보다
변명하는 것이 더 나쁘다.

– 조지 워싱턴

행복은

생각하고 말하고 행동하는 것이

일치할 때 찾아온다.

– 마하트마 간디

애벌레 속에는
훗날 나비가 되리라는 것을
말해줄 그 무엇도
들어 있지 않다.

– 리처드 버크민스터 풀러

현실을

있는 그대로 받아들이고

객관적으로 처리하는 것이

가장 유익하다.

– 윌리엄 셰익스피어

사람이
깊은 지혜를 갖고 있으면 있을수록
자신의 생각을 나타내는 그의 말은
더욱 더 단순하게 되는 것이다.

– 톨스토이

어둡다고 불평하는 것보다
작은 촛불을 하나라도
켜는 것이 더 낫다.

– 공자

성공에 이르는 첫 걸음은
자신이
마음속으로 무엇을 바라고 있는지
발견하는 일이다.

– 임마누엘 칸트

추하든 아름답든

있는 그대로의 나를

솔직하게 인정하는 것,

이 이상 든든한 출발이 어디 있으랴.

– 칼린 지브란

계속 질문하라.
호기심에는 다 이유가 있다.
영원, 삶, 기적처럼
놀라운 현실 구조의 신비를
가만히 살펴보면 경외심이 들 정도이다.
이러한 신비에 대해 매일 조금씩
이해하려고 노력해 보자.
신성한 호기심을 잃어서는 안 된다.

– 알베르트 아인슈타인

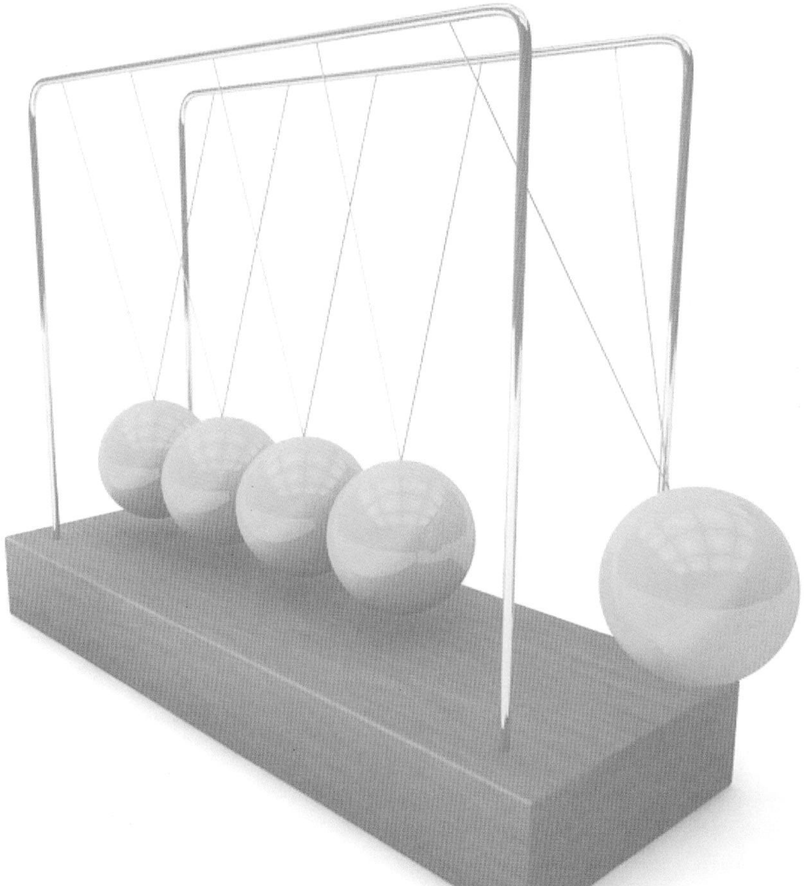

사람들의 말을 따라서
세상을 사는 것은 쉽다.
그러나
많은 사람들의 한가운데서
독자적인 고독을 우아하게 지키면서
살아가는 사람은 위대하다.

– R.W. 에머슨

제 갈 길을 아는 사람에게

세상은 길을 비켜준다.

– 찰스 킹슬리

두 개의 길을 놓고

어느 길로 가야할지

판단이 서지 않을 때에는

더 많은 모험이 따르는 길을 택하라.

– W.슬림

편견을 버리기에

너무 늦은 때는 없다.

– 헨리 데이비드 소로우

사색을 포기하는 것은
정신적 파산 선고와 같은 것이다.

– 알베르트 슈바이처

단 한 권의 책밖에 읽지 않는 사람을
경계하라.

– 디즈레일리

급하게 질문을 받더라도,
대답은 천천히 하라.

– 이탈리아 속담

지나치게

도덕적인 사람이 되지 마라.

인생을 즐길 수 없게 된다.

도덕 그 이상을 목표로 하라.

단순한 선함이 아니라

목적있는 선함을 가져라.

– 헨리 데이비드 소로우

생각이 바뀌면 행동이 바뀌고,
행동이 바뀌면 습관이 바뀌고,
습관이 바뀌면 인격이 바뀌고,
인격이 바뀌면 운명까지도 바뀐다.

– 윌리엄 제임스

이 세상에서 가장 강한 인간은
고독 속에서 혼자 서는 인간이다.

– 헨리크 입센

꿈꾸는 것도 훌륭하지만
꿈을 실행에 옮기는 것은
더 훌륭하다.
신념 그 자체도 강하지만
실행을 더하면
더 강하다.
열망도 도움이 되지만
노력을 더하면
천하무적이다.

– 토마스 로버트 게인즈

Hope
DeSPAIR

목표가 있어도

머뭇거리면 얻을 수 없다.

목표가 세워지면

실천해야

그 어떤 것이든 취할 수 있는 것이다.

– 토머스 J. 빌로드

어떤 일이

잘 되길 바란다면 그것을

직접 하라.

– 나폴레옹

희망으로 가득 찬 사람과 교류하라.
창조적이고 낙관적인 사람과 소통하라.
긍정적이고 능동적으로 행동하라.

그리고

그런 사람을 자신의 주변에 배치하라.

– 노만 V. 피일

사람들이

성공하지 못하는 이유는

기회가 앞문을 두드릴 때

뒤뜰에 나가

네 잎 클로버를 찾기 때문이다.

– 월터 크라이슬러

인간은

스스로 가치를 결정한다.

그리고

자신이 정한 가치만큼 대접받는다.

– 요한 실러

당신은
용기를 내어
당신이 생각하는 대로
살지 않으면 머지않아
당신은
사는 대로 생각하게 될 것이다.

– 폴 발레리

세상을

어떻게 바라볼지 유의하라.

그것이 곧 당신의 세상이므로

– 에리히 헬러

10분 뒤와

10년 후의 자신의 모습을

동시에 생각하라.

– 피터 드러커

공부하라.

위험은

자신이 무엇을 하는지 모르는 데서 온다.

– 워런 버핏

쉰 살이 되었는데도
스무 살 때와 똑같이 세상을 바라본다면
삼십 년 동안
허송세월을 보낸 셈이다.

– 무하마드 알리

아이디어는

다이아몬드와 같다.

세공 과정을 거치지 않으면

거친 돌일 뿐이지만

불순물을 정제하면 보석이 된다.

– 폴 컬리

자신이 할 수 없다고
생각하고 있는 동안
사실은
그것을 하기 싫다고
다짐하고 있는 것이다.
그러므로
그것은 실행되지 않은 것이다.

– 스피노자

행동만을 신뢰하라.

인생은

말이 아니라 행동으로 사는 것이다.

행동을 신뢰하라.

– 알프레드 아들러

허비한 시간을

후회하는 것은

앞으로 남은 시간을 보다 잘 쓰도록 하는

힘이 될 수 있다.

나약하고 쓸모없는 후회와 허비하는 태도를

중단하기만 한다면.

– 아서 브리즈번

WEST · GERMANY

어느 누구도 나와 정확히 같을 수 없다.
어떤 때는 나 자신조차
나 자신과 똑같아지기가 어렵다.

– 탈룰라 뱅크헤드

아무리 재치 있는 문구나 미사여구도
분명하게 표현한 의사에 비하면
콩 한 쪽만큼의 값어치도 없다.

– 제프 그린필드

자신을 한계 짓지 마라.

당신은

당신의 마음이 정하는 만큼 갈 수 있다.

당신이 믿는 것,

당신은 그걸 성취할 수 있다.

– 메리 케이 애시

어려우니까

감히 손대지 못하는 것이 아니다.

과감하게 손대지 않으니까

어려워지는 것이다.

– 루시우스 세네카

성공하는 자는

길을 찾고,

실패하는 자는

변명을 해댈 것이다.

– 레오 아길라

진짜 위험한 것은
아무것도 하지 않는 것이다.

– 테니스 웨이틀리

실수하는 것은

자연스러운 일이지만,

계속 실수하는 것은

잘못이다.

– 성 아우구스티누스

오늘 회피한다고 해서
내일
그 일에 대한 책임을 피할 수는
없는 것이다.

– 링컨

이미 저지른 일을 후회하여
그것에 집착하거나,
자기가 가진 문제 때문에
스스로를 미워하기 시작하면
그 문제를 극복하기가
더욱 힘들어진다.

– 킴벌리 커버거

당신이 반복적으로 하는 행동,

그것이 바로 당신 자신이다.

그로므로

탁월함은 행동이 아니라 습관이다.

– 아리스토텔레스

자신과 싸우는 일이야말로
세상에서 가장 힘든 싸움이며,
자기 자신에게 이기는 일이야말로
가장 값진 승리이다.

– 로가우

나는 할 수 있다.

나는 해낸다.

나에게는 오직 전진뿐이다.

이런 신념을 지니는 습관이

목표를 달성시킨다.

– 단테

두려움을 치료하는 것은
행동하는 것이다.
뒤로 미루는 것은
두려움을 증가시킬 뿐이다.

– 데이비드 J. 슈왈츠

지금 알고 있는 걸
그때도 알아더라면

–킴벌리 커버거

모든 것에는 교훈이 담겨 있다.

문제는

그것을 찾을 수 있느냐 하는 것이다.

– 루이스 캐럴

오늘 하는 일에 전심전력하라.
그리하면
내일은 한 단계 발전할 것이다.

– 아이작 뉴턴

꿈을 밀고 나가는 힘은
이성이 아니라 희망이며
두뇌가 아니라 심장이다.

– 도스토옙스키

현명한 사람에게는
하루하루가 새 삶이다.
오늘은
절대 다시 오지 않음을 명심하라.

– 단테

자기 자신의 주인이 아닌 사람은
그 누구도
자유인이 아니다.

– 에픽테토스

무언가 되고 싶고,
하고 싶고,
앞으로 나아가고 싶고,
오르고 싶고,
삶에 더 많은 의미를 부여하고 싶은
욕망은
기적을 만드는 재료다.

– 노먼 빈센트 필

많은 사람이 재능의 부족보다
경험의 부족으로 실패한다.

– 빌리 선데이

좋은 아이디어를 얻는 최선의 방법은
많이 생각하는 것이다.

-라이너스 폴링

사람은
군중이 사는 것처럼 살아야 하는 것은
아니다.
개인의 과수원을 가질 수도 있고,
남이 모르는 샘에서 물을 마실 수도 있다.

– H. 반 다이크

성공한 사람들은
일어서서 그들이 원하는 환경을 찾고,
찾을 수 없으면
그러한 환경을
스스로 만든 사람들이다.

– 조지 버나드 쇼

보석은

비록 진흙탕에 떨어져도

그대로 귀한 것이며

먼지는

하늘로 올라갔다 해도

언제나 하찮은 것이다.

- 사디

세상에서

가장 중요한 일들은

대게

전혀 가망이 없는 것처럼 보이는데도

끝까지

노력하는 사람들에 의해 이루어졌다.

– 카네기

'외로움'이란
혼자 있는 고통을 표현하기 위한 일이고,
'고독'이란
혼자 있는 즐거움을 표현하기 위한 일이다.

– 폴 틸리히

절벽에서
떨어지고 있는 상황이라도
아무것도 할 수 없는 것은 아니다.
떨어지고 있으니까
하늘을 향해 날 수 있지 않은가.

– 로버트 슐러

제아무리

완벽한 사람이라 할지라도,
결점이 없는 사람은 없다.
결점을 깨닫고
고치려고 노력하는 것은,
장점을 더욱 빛내고,
인격을 함양하는 좋은 기회다.

– 그라시안

일상생활에서 조심해야 할 것은
사소한 감정을
어떻게 처리하느냐다.
사소한 일이 도화선이 되어
큰 불행으로 번지기 때문이다.

– 알랭

만약 당신이
사랑하고
괴로워하고
희망한다면
그러함으로써 당신은
사람이다.

– 인도 격언

화났을 때,
입을 열면
최고의 연설을 하겠지만
언제나 나중에 후회할 것이다.

– 앰브로즈 비어스

훌륭한 사람을 만났을 때는
자신도
훌륭한 덕을 가지고 있는가 생각해보고
나쁜 사람을 만났을 때는
그 나쁜 점이 자신에게도 있는지
뒤돌아보라.

– 세르반테스

행복의 한쪽 문이 닫히면
다른 문이 열린다.
그러나
우리는 흔히
닫힌 문을 오랫동안 보기 때문에
우리를 위해 열려있는 문을
보지 못한다.

– 헬렌 켈러

우리는

불만족스러울 때

그것을 극복할 여러 방법과

진정한 해결책을 모색하게 된다.

– M. 스콧 펙

곤경에 빠뜨린 그것이
곤경에서 구해주는 열쇠가 될 수 있다.
박힌 가시는 가시로 빼내고
땅으로 넘어진 자는 땅을 짚고 일어선다.

– 이드리스 샤

가장 중대한 실수는
조급함 때문에 일어난다.

– 마이크 머독

회복의 유일한 길은
다시 시작하는 것이다.

– 체이즈

좋은 항아리가 있으면

아낌없이 사용하라.

내일이면 깨질지도 모른다.

– 탈무드

세상을 존속시키는 것은
진실이 아니라 믿음이다.

– 에드나 세인트 빈센트 밀레이

누구든지 화가 날 수 있다.
그건 큰 일이 아니다.
하지만
화를 내야 마땅한 사람에게 적당한 때에
그리고
정당한 목적으로 화를 내는 것은
쉬운 일이 아니다.

– 아리스토텔레스

어느 정도 어둠이 있어야
행복한 삶도 존재한다.
행복에 상응하는 슬픔이 부재한다면
행복은 그 의미를 상실한다.

– 카를 융

다들 나이를 먹으면
많은 것을 포기해야 한다고 말한다.
하지만 나는 많은 것을 포기하기 때문에
나이를 먹는 것이라고 생각한다.

– 시어도어 그린

신념이 굳세고 약함에 따라
사람은
강해지거나 약해지기 마련이다.
신념은
인내력을 강하게 해준다.
뿐만 아니라
그 자체가 커다란 힘이다.

– 노만

인간의

뇌는 문제를 느끼지 않으면

지혜를 짜내지 않는다.

문제가 생겼을 때

'왜'를 다섯 번만 반복해보면

해답이 나온다.

-오노 다이치

걱정은

내일의 슬픔을 덜어주는 것이 아니라
오늘의 힘을 앗아갈 뿐이다.

– 코리 텐 붐

기회는

작업복을 입고 찾아온 일감처럼 보여서
사람들 대부분은 놓치고 만다.

– 에디슨

우정이란

나눔과 공유를 통해

우리의 성공을 더욱 빛나게 하고

고난을 덜어주는 것이다.

– 키케로

경쟁은
우리를 대담하게 만들고
사고와 장애물에도 아랑곳없이
우리를 전진하게 만드는 자극제이다.

—로알 아문센

원하는 것을 갖고,
꿈을 실현하고 싶다면,
성실한 자세부터 갖추어야 한다.
실패란
반드시 겪어야 하는 삶의 한 순간임을
인정해야 한다.

– 제프리 메이어

FAILURE
SUCCESS

슬픔은
인간에게
진지한 생각의 습관을 가지게 하고
이해력을 강화하며
마음을 부드럽게 한다.

– 존 애덤스

리더는

단지 효율적으로 일 처리하는

사람이 아니다.

리더는

'올바른 일'을 하는 사람이다.

– 게리 맥킨토시

절반의 진실은
완전한 거짓보다 더 무섭다.

–포히터 슬레벤

인생은

자전거를 타는 것과 같다.

계속 페달을 밟는 한

당신은 넘어질 염려가 없다.

– 클라우드 페페

낙관주의자는

장미에서 꽃을 보고,

비관주의자는

가시만 본다.

– 칼릴 지브란

때로는

기쁨이 미소의 근원이기도 하지만,

때로는

미소가 기쁨의 근원이기도 한다.

– 틱낫한

아무리 약한 사람도
하나의 목적에 온 힘을 집중함으로써
무언인가 성취할 수 있지만
아무리 강한 사람도
힘을 많은 목적에 분산하면
어떤 것도 성취할 수 없다.

– 몽테스키외

진정한 탐험은
새로운 풍경이 펼쳐진 곳을
찾는 것이 아니라
새로운 눈으로 여행하는 것이다.

– 마르셀 프루스트

신념을 갖고 있는
1명의 힘은
관심만 가지고 있는
99명의 힘과 같다.

– 존 스튜어트 밀

눈물과 땀은 모두 짜지만,
서로 다른 결과를 낳는다.
눈물은 동정심을 낳고,
땀은 변화를 낳는다.

– 재시 잭슨

모든 죄악은

공허함을 채우고자 하는

시도에서 비롯된다.

– 시몬 베유

인간이라면 누구나 실수를 한다.
그런데
현명한 사람은 실수를 통해
미래를 대비하는 지혜를 배운다.

– 플루타르코스

행복은
미덕이나 기쁨이 아니라
성장이다.
우리는 성장 할 때 행복해진다.

– 윌리엄 버틀러 예이츠

이 세상에서

가장 위험한 것은

모든 것을 바꿀 수 없으면

아무것도 바꾸려 하지 않는 사람들이다.

– 낸시 애스터

도덕적 힘은
사용되지 않을 때
최고의 힘을 발휘한다.
그것을 덜 사용할수록 그 힘은
더욱 강해진다.

– 앤드루 영

고통은
사람을 생각하게 만든다.
사고는
사람을 현명하게 만든다.
지혜는 인생을 견딜 만하게 만든다.

– 존 패트릭

믿음이란
계단 전체를 볼 수 없을 때에도
첫걸음을
떼게 하는 것이다.

– 마틴 루터 킹

사람이란
자신이 생각하는 것의 산물이다.
생각하는 대로 된다.

– 마하트마 간디

모르는 것은

죄가 아니지만

묻지 않는 것은

죄다.

– 브래드 매큐언

용기는

매우 중요하다.

근육처럼,

사용에 의해 강해진다.

– 루스 고든

늦은 것과

너무 늦은 것 사이에는

측량할 수 없는 거리가 있다.

–앤 소피 스웨친

고통이

지혜를 준다면,

차라리 덜 지혜롭기를 소망한다.

– 윌리엄 버틀러 예이츠

당신을 무너뜨리는 것은
집이 아니라
당신이
그 짐을 지는 방식이다.

– 루 홀츠

직감을 결코
무시하지 말라.
하지만 그것으로 충분하다고 믿어서는
절대 안 된다.

– 로버트 헨러

재산을
축적만 하고 즐기지 않는 사람은
금을 운반하면서 엉겅퀴를 먹는
당나귀와 같다.

– 리처드 버튼

이론이 없는 경험은 맹목적이지만
경험 없는 이론은
단지 지적인 유희에 불과하다.

– 칸트

지성이란

변화에 적응하는 것이다.

– 스티븐 호킹

물이 너무 맑으면
물고기가 없고,
사람이 너무 살피면
친구가 없다.

– 명심보감

누군가가

당신을 한 번 배신했다면

그것은 그 사람 탓이다.

만약 그가 당신을 두 번 배신했다면

그것은 당신 탓이다.

– 엘리노어

사람들은

쉽게 다른 사람을 판단하곤 한다.

사람들은 흐르는 강물과 같아

하루하루가 다르고 새롭다.

간단히 다른 사람을 판단하는 것을

경계해야 한다.

– 톨스토이

누군가를 조용하게 만들었다고 해서
그를 변화시킨 것은 아니다.

– 존 몰리

다른 사람의 슬픔을 막을 수는 없지만
보살펴주면 슬픔이 줄어들 것이다.

– 프랭크 클라크

기억해 내는 힘이 아니라
잊는 힘이야말로
우리가 살아가는데 더 필요한 것이다.

– 쇼렘 아쉬

시간을

최악으로 사용하는 사람들은

시간이 부족하다고 불평하는 데 일인자이다.

— 라 브뤼에르

세상에는

두 부류의 인간이 있다.

한 부류는

자신의 길을 가는 인간이고

다른 부류는

그 길을 가는 사람에 대해

말하며 사는 인간이다.

– 니체

유머감각은
리더십 기술에 속하고,
다른 사람들과
잘지낼 수 있게 해주는
비법 중 하나이자
어떠한 일을 성취하는
과정의 일부이다.

– 드와이트 D. 아이젠하워

주먹을 쥐고 있으면

악수할 수 없다.

– 인디라 간디

예의라는

잘 정제된 기름을

우정이라는

기계에 바르는 사람은 현명하다.

– 콜레트

기지는

적을 만들지 않고 목적을 달성하는

교묘한 능력이다.

– 아이작 뉴턴

집을

가장 아름답게 장식해 주는 것은

바로

자주 드나드는 친구들이다.

— 랠프 월도 에머슨

살아가면서
새로운 사람들과 교재하지 않으면
머지않아
혼자 남겨진 자신을 발견할 것이다.
우리는 끊임없이 우정을 관리하고
유지해야 한다.

– 새뮤엘 존슨

깊은 확신을 가지고
"아니오"라고 말하는 편이
단순히 남을 기분 좋게 해주려고,
혹은 문제를 일으키지 않기 위해
"예"라고 말하는 것보다 훨씬 낫다.

– 마하트마 간디

모든 사람에게 친절하고,
많은 사람들을 좋아하고,
특별한 몇 사람을 사랑하고,
사랑하는 사람들이
우리를 필요로 한다면,
행복은
코앞에 있을 것이다.

– 메리 로버츠 라인하드

적당한 반대는
큰 도움이 된다.
연이 바람을 타고 나는 것이 아니라
바람을 거슬러 날아오르는 것처럼.

-존 닐

최후까지 살아남는 사람들은
가장 힘이 센 사람이나
영리한 사람들이 아니라,
변화에 가장 민감한 사람들이다.

– 찰스 다윈

만 명과의 관계는 쉬우나
한 명과의 관계는 어렵다.

-조안 배즈

현자처럼 생각하되

소통은

보통 사람들의 언어로 하라.

– 윌리엄 B. 예이츠

책은

문명의 전달자이다.

책이 없으면 역사는 침묵하고,

문학은 멍청해 지며,

과학은 불완전하고,

사상과 사색은 정체하게 된다.

– 바바라 터크먼

의사소통에서
가장 큰 한 가지 문제는
이미 의사가 전달되었다고
착각하는 것이다.

– 조지 버나드 쇼

환희의 순간에는
누구에게라도 어떤 약속을 하지 마라.
분노가 극에 달했을 때는
누구에게라도 답장을 쓰지 마라.

– 중국 속담

당신을 다루기 위해서는,
당신의 머리를 사용하라.
다른 사람을 움직이기 위해서는,
당신의 가슴을 사용하라.

– 로널드 레어드

집중된 권력은
항상 자유의 적이 되어왔다.

– 로널드 레이건

인생이 짧기는 하지만
예의를 차릴 시간은 충분히 있다.

– 랠프 월도 에머슨

설명하지 마라.
친구라면 설명할 필요가 없고,
적이라면 어차피
당신을 믿으려 하지 않을 테니까.

– 엘버트 허버드

당신이

누군가를 사랑한다면

자유롭게 가도록 놔둬라.

왜냐하면

그들이 돌아오면

그들은 항상 당신의 사람이기 때문이다.

돌아오지 않는다면

그들은 결코 당신의 사람이

아니기 때문이다.

– 칼릴 지브란

LOVE
BUG

결혼을

불행하게 하는 것은

사랑이 결핍되어서가 아니라

우정이 부족해서다.

– 프리드리히 니체

당신이 올라가면서

만나는 사람들을 잘 대해줘라.

왜냐하면 당신이 내려갈 때

그들을 만나기 때문이다.

–지미 듀랜트

인생의 모든 예술은
보낼 것과 잡아야 할 것을
멋지게 혼합하는 것이다.

– 헨리 앨리스

낯선 사람이란 없다.

단지

아직 만나지 않은 친구가 있을 뿐이다.

– 아일랜드 속담

적을 파괴하는 최선의 방법은
그와 친구가 되는 것이다.

– 에이브러햄 링컨

평화를 원하면

친구와 얘기하지 말라.

적과 대화하라.

– 모세 다얀

인간에게 주어진

위대한 천부적 재능은

우리가

감정이입의 힘을 가졌다는 데 있다.

– 메릴 스트립

세상의 진짜 비극은
옳은 것과 잘못된 것 사이의
갈등이 아니다.
둘 다 옳은 것 사이의 갈등이
진짜 비극이다.

– 헤겔

우리가

남과 다를 수 있는 권리를 상실하면,
자유의 특권을 잃는 것이다.

– 찰스 에반스 휴즈

우리는

정보가 넘쳐 익사할 지경이지만

지식에는 굶주려 있다.

—존 네이스비츠

지금 어디로 가고 있는지 모른다면
조심하라.
엉뚱한 곳으로 갈지도 모르니까.

– 요기 베라

인간은

위대한 업적에 의해 변하는 것이 아니라

자신의 의지로 변한다.

– 헨리크 입센

절망하지 말라.
비록 그대의 모든 형편이
절망할 수밖에 없다 하더라도
절망하지 말라.
이미 일이 끝장난 듯 싶어도
결국은
또다시 새로운 힘이 생기게 된다.

– F. 카프카

준비되지 않은 상태에서의
기회는
오히려 불행이다.

– 안철수

악마는

부자의 집도 찾지만,

가난한 자의 집은 두 번 찾는다.

– 스웨덴 속담

바람이 불지 않을 때

바람개비를 돌리는 방법은

앞으로 달려나가는 것이다.

– 데일 카네기

아이들은

축복일 수도 아닐 수도 있다.

그러나 아이들을 낳아놓고 망치는 것은

분명 개탄할 일이다.

–로이스 맥마스터 부졸

일단 남을 속이기 시작하면
그것과 관련하여 얼기설기 얽힌
망을 짜게 된다.

– 월터 스콧

암초를 벗어나려면

신을 찾되

열심히 노를 저어야 한다.

– 인도 속담

모든 사람은

제각기 자신만의 시야로

세상의 한계를 정한다.

– 아셔 쇼펜하우어

내일 지구의 종말이 온다 해도

나는

오늘 한 그루의 사과나무를 심겠다.

– 마틴 루터
– 스피노자

지금의 나와 다른 내가 되고 싶다면,
지금의 나에 대해서 알아야 한다.

– 에릭 호퍼

어느 누구도 과거로 돌아가서
새롭게 시작할 순 없지만,
지금부터 시작하여
새로운 결말을 맺을 순 있다.

– 칼 바르트

어떤 사람이 하는 대답을 통해
그가 현명한지 아닌지를 알 수 있다.
한편 어떤 사람이 하는 질문을 통해
그가 지혜로운지 아닌지를 알 수 있다.

– 나기브 마푸즈

분명한 사실은,
어떤 상황에서 어떻게 해야 옳은지를
당신은 잘 알고 있다는 것이다.
그러나
그것을 행하는 것은 어렵다.

– 노먼 슈워츠코프

반드시 해야 하는 일부터 하라.

그런 다음

할 수 있는 것을 하라.

그러면

불가능하다고 생각했던 것을 해내고 있는

자신을 발견하게 된다.

– 아시시의 성 프란체스코

인격은

아주 천천히 형성되지만,

믿을 수 없을 정도로

순식간에 무너질 수도 있다.

– 페이스 볼드윈

똑바로 본다고 해서
모든 것이 변하는 것은 아니다.
그러나
똑바로 보지 않는다면
아무것도 바꿀 수가 없다.

– 제임스 볼드윈

남을 설득할 때,

가장 큰 실수는

자신의 생각과 감정을 표현하려고만

애쓰는 것이다.

사람들이 정말 원하는 것은

상대방이 자신을 존중하고 이해하며

자신의 말을 들어주는 것이다.

당신이 상대방을 이해해 주는 순간

그도 당신의 관점을 이해하려고

노력하게 된다.

– 데이비드 번즈

수입의 1%를

책을 사는데 투자하라.

옷은 헤어지면 입을 수 없어 버리지만

책은 시간이 지나도

위대한 진가를 지니고 있다.

– 김수환 추기경

english
books
Čierne klamstvá
romantická literatúra

인생은 한 권의 책과 같다.
어리석은 이는
그것을 마구 넘겨 버리지만
현명한 인간은
열심히 읽는다.
단 한 번밖에 인생을 읽지 못한다는 것을
알고 있기 때문이다.

– 장 파울

234
235
Ein anderes Grußgebet zu Maria.
Sei gegrüßt, o Maria, glorreichste
und nach Gott heiligste Herrscherin, des
ewigen Vaters edelste und auserwählte
Tochter, auf dem ganzen Erdkreise ver=
ehrungswert.
Sei gegrüßt, unseres Erlösers, des
Sohnes Gottes, reinste und geliebteste

끝날 때까지 끝난 게 아니다.

– 요기 베라(로렌스 피터 베라)